Hermann Julius Theodor Hettner, Moritz von Schwind

Moritz von Schwind

Antigonos

Hermann Julius Theodor Hettner, Moritz von Schwind

Moritz von Schwind

Unveränderter Nachdruck der Originalausgabe von 1880.

1. Auflage 2024 | ISBN: 978-3-38693-811-2

Antigonos Verlag ist ein Imprint der Outlook Verlagsgesellschaft mbH.

Verlag: Outlook Verlag GmbH, Zeilweg 44, 60439 Frankfurt, Deutschland
Vertretungsberechtigt: E. Roepke, Zeilweg 44, 60439 Frankfurt, Deutschland
Druck: Libri Plureos GmbH, Friedensallee 273, 22763 Hamburg, Deutschland

Moritz von Schwind

Von Prof. Dr. Hermann Hettner

Mit 33 Abbildungen
darunter 5 in farbiger Wiedergabe

Bielefeld und Leipzig

Verlag von Velhagen & Klasing

Moritz von Schwind.

Vielleicht sollte die Kunst die gleiche Aufgabe haben wie die Religion: uns kindlich zu erhalten, uns vor dem Schlangenapfel der Erkenntnis zu bewahren. Dann würde Schwind das richtige Evangelium der Märchen predigen, er, der zeitlebens ein Kind geblieben.

In einen Kalender der Freude gehört Schwind. In seiner Kunst ist es immer Sonntag. Und Eichendorffs Wälder rauschen in seinen Bildern.

Wenn wir Schwind und Böcklin, beide deutsche Meister, miteinander vergleichen, müssen wir den Unterschied fühlen: in Schwinds keuschen Zeichnungen ein naives Christentum, in Böcklins sinnlichen Farben ein mythologisches Heidentum. In der Zeichnung hat Schwind Erfindung und Form gelernt, und der Humor hat ihn deutsch werden lassen. Wenn wir einen deutschen Dickens gehabt hätten, wäre Schwind für ihn der richtige Illustrator gewesen. — Deutsch, eigenartig deutsch ist sein ganzes Wesen, all sein Denken und Empfinden, all sein künstlerisches Wollen und Schaffen. Er hat der bildenden Kunst ganz neue Darstellungsgebiete, ganz neue Formenwelten erobert; und wie nur sehr wenige andere neben ihm ist er unwiderstehlich in alle deutsche Herzen gedrungen, weil sein unerschöpflicher Erfindungs- und Gestaltungssinn so ganz und gar erfüllt und durchglüht ist von der naturwüchsigen Kraft der deutschen Volksphantasie, von der Wärme und Innigkeit des tiefsten deutschen Gemütslebens.

Nur wenn wir den psychologischen Ursprung und das allmähliche Werden dieser scharf ausgeprägten Eigentümlichkeit zu belauschen suchen, gelingt es, die bunte Mannigfaltigkeit ihrer genialen Betätigung in ein festes Gesamtbild zu fassen.

Willst du den Dichter recht verstehn, mußt du in Dichters Lande gehn. An dieses schöne Wort Goethes wird man unwillkürlich gemahnt, wenn man Schwinds Schaffen in seiner inneren Notwendigkeit begreifen will. Die Macht der Jugendeindrücke hat Schwinds gesamte Richtung bestimmt, tönt in allen seinen Werken klar erkennbar wider. — Moritz von Schwind wurde am 21. Januar 1804 in Wien als das dreizehnte Kind des k. k. Hofsekretärs und Legationsrates Franz von Schwind geboren. Das fröhliche, reich bewegte Volksleben der damals noch so heiteren Kaiserstadt fesselte und ergötzte von früh auf die Phantasie des begabten

Selbstbildnis des Künstlers im Alter von 18 Jahren (1822). Ölbild auf Eichenholz.
Hofrat Univers.-Prof. Ernst Frh. v. Schwind, Wien.

Des Künstlers Geburtshaus.
Wien, I. Fleischmarkt Nr. 15.

Knaben. Zugleich aber wurde ihm das Glück zuteil, das großstädtischen Kindern so selten zuteil wird, den Zauber großer landschaftlicher Natur schon früh kennen zu lernen und mit reinem und feinem Herzen voll und ganz in sich aufzunehmen; ein längerer Aufenthalt bei einem Oheim, einem Forstbeamten in Altgedein, mitten in den tiefernsten Bergen und Urwäldern des Böhmerwaldes, erfüllte ihn mit den holden Träumen und Schauern stiller Waldeinsamkeit, mit den unvergeßlichen Bildern der machtvollen Poesie urwüchsiger Bäume und ihres geheimnisvollen Knisterns und Flüsterns. Wie Führich und Stifter hat ihn der Wald singen und sagen gelehrt. Und in Dankbarkeit hat er sich selbst später einmal andächtig dargestellt, die Frage im Herzen: „Wer hat dich, du schöner Wald, aufgebaut so hoch da droben?" Mit frommem Eifer versenkte sich seine träumerische Gefühlsinnerlichkeit in die Mystik der katholischen Glaubensvorstellungen; im weißen Schmuckgewande dem Priester als Ministrant dienen zu dürfen, war ihm heiß ersehnte Freude.

Und nun kamen die Jünglingsjahre mit ihrem ringenden Bildungsstreben. Es war die Zeit, in der die Dichtung der sogenannten romantischen Schule alle Gemüter beherrschte. Tieck mit seiner sinnig poesievollen Märchenphantastik, die neu entdeckten Sagen- und Volksliederschätze, die neu geweckte Begeisterung für die Herrlichkeit des deutschen Mittelalters mit seiner blühenden Kunst und ehrbaren Sitte, mit seinem Minnedienst und Rittertum, übten den mächtigsten Einfluß; und Schwind wurde von diesen Einflüssen um so tiefer berührt, da er schon seit seiner Kindheit in innigster Freundschaft mit Bauernfeld, Nikolaus Lenau und Anastasius Grün stand, in denen die dichterische Werdelust ungestüm gärte und die ganz und gar in dieser Welt der Romantik lebten. Und zu den Reizen der romantischen Dichtung traten nicht minder durchgreifend die bedeutendsten musikalischen Anregungen. Seine Mutter, Franziska (geborene von Holzmeister), eine hochgebildete Frau, war eine durch und durch musikalische Natur; in ihrem Hause wurde emsig Musik gepflegt, und Schwind selbst — wie sein Vater Geiger — beteiligte sich mit Leidenschaft an diesen Übungen. Die großen Tondichtungen Haydns, Mozarts und Beethovens, des damals nur von wenigen in seiner Größe und Bedeutung Erkannten, drangen in das tiefste Wesen Schwinds ein; Beethoven erwies ihm manche freundliche Gunstbezeugung, Schubert und Lachner wurden ihm treu verbundene Freunde. Zeitlebens hat er an dem Grundsatz festgehalten, daß jeder Mensch zum täglichen Leben wenigstens „ein Mundvoll Musik" bedürfe... In Heften und Büchern, auf Tafel und Ofenschirm hat er seine ersten zeichnerischen Kräfte geübt. Glänzende Zeugnisse schienen ihn für das Studium zu bestimmen. Da starb der Vater nach schweren Leiden. Schwind folgte, den bereits begonnenen juridischen Studien entsagend, seinem drängenden inneren Berufe zur bildenden Kunst. Mit schweren materiellen Opfern wurde er Schüler von Ludwig von Schnorr und Ruß. Auch sein Freund Kupelwieser unterwies ihn im Malen. Im großmütterlichen Hause „Zum Mond-

Der Spaziergang vor dem Stadttore (1827). Ölbild auf Leinwand. Exzellenz Minister a. D. Ludwig Wrba, Wien.

schein" auf der Wieden, wohin sich die zahlreiche Familie zurückgezogen hatte (1819), fand sich bald eine lustige Kumpanei zusammen: die Brüder von Spaun, der spätere Feldmarschall-Leutnant Mayerhofer, Randhartinger, die Maler Mohn und Binder, Bildhauer Schaller, Franz von Schober und Schubert, das wesensverwandte Wiener Genie aus der vertrauten Schwesterkunst. Um seiner Mutter und seinen Geschwistern verdienen zu helfen, zeichnete Schwind mit nie erlahmender Phantasie Skizzen, Bilder, Porträts, Festkarten, musikalische Vignetten, Mandlbögen für Trentsensky,

illustrierte Romanzen und Balladen, schuf eine Reihe zum Teil sehr satirischer „Grabmal-Projekte" und eine lange Folge von damals sehr beliebten „Krähwinkeladen", die seinen Humor schon von der besten Seite zeigen: Bürgermeisters Jüngstes, das „beim Wasser aufgezogen" wird, wie der gute Stadtvater „zu sich selbst kommt" oder ein anderer Mitbürger „einen Rutscher aufs Land" macht. Echt altwienerische Gemütlichkeit ist auch in der abenteuerreichen „Landpartie auf den Leopoldsberg". In der Serie „Verlegenheiten" hielt Schwind die unfreiwillige Komik des Alltags fest. Für ein

Der wunderliche Heilige. Linker Flügel.

Der wunderliche Heilige. Rechter Flügel.

Der wunderliche Heilige (1841). Aquarell. Mittelbild.
Hofrat Univerf.-Prof. Ernst v. Schwind, Wien.

historisches Prachtwerk „Ungarns erste Heerführer usw." malte er Kostümporträte. Als Buchillustrator versuchte er sich in kleinen Randleisten zu „Tausend und einer Nacht", die Goethes Interesse erweckten. 1825 entstanden die 30 Blätter zum „Hochzeitszuge des Figaro", von denen Grillparzer versicherte, noch nach zwanzig Jahren jede einzelne Figur klar im Gedächtnis zu haben, und die Beethoven auf seinem letzten Krankenlager helle Stunden der Freude bereiteten. Auch Schwinds populärste Figur, der „Herr Winter", stammt aus diesem ersten Schöpferfrühling. Aber schließlich erkannte er, der durch die große klassische Musik Geschulte, daß, was ihm die damals sehr verwahrloste Wiener Kunstakademie bot, für seine hohen Ziele und Ideale zu eng sei. Es lockte ihn die eben erstehende Größe des Münchener Kunstlebens. Im Herbst 1828 siedelte der Vierundzwanzigjährige nach München über. Hier sah und fühlte er, was großer historischer Stil in der bildenden Kunst ist. Mit begeisterter Hingebung schloß er sich an Cornelius und Julius Schnorr.

Alle diese bunten und wechselnden Eindrücke, welche jeden oberflächlichen Sinn verwirrt und zerstreut hätten, wußte die naive und ursprüngliche Künstlernatur Schwinds fast spielend zu fester und schönheitsvoller Bildungsharmonie in sich zu vereinigen. Die südliche Leichtlebigkeit und der gemütvolle Humor des Wiener Naturells, die Lust und Freude an fröhlichem Volksleben, die Innerlichkeit eines unbefangen gläubigen Herzens, das rege Gefühl für den Zauber der deutschen Berg- und Waldnatur, die innige Versenkung in die deutsche Sagen- und Märchenwelt und in die romantische Auffassung des Mittelalters, die musikalische Melodienfülle der Seele und die Übertragung des musikalischen Wohllauts auf die Führung der Linien und Farben, herzgewinnender Sinn für Anmut und Schönheit, sicherer Takt für das einfach Hohe und Stilvolle, das sind die Elemente, welche sich in Schwind zu wundersamstem und wundervollstem Zusammenwirken verschlingen, welche seiner nie rastenden Erfindungskraft immer neue Stoffe und Motive, immer neue Formen und Form-

verbindungen zuführen, und deren künstlerische Ausgestaltung sich in ihm zu um so tieferem Gehalt und zu um so reinerer Schönheit und Idealität steigert, je ernster und gewissenhafter er die improvisatorische Leichtigkeit seines Erfindens und Schaffens überwachte, je länger er in stillem Sinnen seine Pläne und Entwürfe unablässig fortbildend und vervollkommnend in sich herumtrug.

Schwind ist Romantiker durchaus, aber gleich Uhland und Karl Maria von Weber ergreift er nur das Gesunde und Unvergängliche der Romantik.

Von Anbeginn waren die Neigungen des jungen Künstlers bestimmt ausgeprägt. Aus Wien hatte er seine vielen Federzeichnungen mitgebracht. Er hatte in Aquarell eine reizende Humoreske, die Geschichte eines wunderlichen Heiligen, ausgeführt. Die Leiter des Münchener Kunstlebens konnten daher nicht im Zweifel sein, welche Aufgaben sich für ihn eigneten. Das Bibliothekzimmer der Königin im Neuen Residenzbau schmückte er mit Wanddekorationen aus Tiecks Märchen, aus Fortunat, aus Genoveva, aus dem Runenberg und aus dem gestiefelten Kater, aus dem Oktavian und aus dem Zerbino; in der heiteren Arabeskenwelt der anmutigen Umrahmungen entfalteten sich das bunte phantastische Treiben Rotkäppchens, des Däumlings, des blonden Eckbert, der schönen Magellone und der Melusine. Für die Burg von Hohenschwangau entwarf er eine Folge von Bildern aus der anmutigen Sage von der Reismühle bei München und von der Herkunft Karls des Großen aus dieser Mühle. Und für den von Schnorr geschmückten Saal Rudolfs von Habsburg in der Münchener Residenz erfand er eine Frieskomposition, welche Schnorr selbst ausführte. In einem reichen Zuge von Kindergestalten auf Goldgrund strahlt und blüht der Segen und Wohlstand des Friedens und der bürgerlichen Ordnung, ein buntes fröhliches Gewimmel von Landleuten, Jägern, Fischern, Handwerkern, Fabrikanten, Fuhrleuten und Schiffern, Künstlern, Gelehrten, Kriegern und Staatsmännern, voll köstlicher Laune und Ironie, voll heiterer Lebensfülle.

Ritter Kurts Brautfahrt. Untere Hälfte. Ölbild auf Leinwand (um 1837). Karlsruhe, Großherzogl. Gemaldegalerie. Nach dem Stich von Julius Thaeter, Sächsisches Kunstvereinsblatt für 1846. (H. O. Miethke, Wien.)

Herr Winter in der Chriſtnacht. Holzſchnitt nach Schwind (1847). Münchner Bilderbogen Nr. 5. (Braun & Schneider, München.)

Bald aber trat Schwind auch mit größeren Schöpfungen auf, die das Gebiet des bloß Dekorativen überſchritten. Bald war er einer der gefeiertſten deutſchen Meiſter.

Es iſt ein hoher Genuß, die zahlreichen Werke Schwinds, die die fortgeſchrittene Reproduktionstechnik jetzt ſo bequem zugänglich gemacht hat, miteinander zu vergleichen. Überall tritt ſeine naive Urſprünglichkeit, ſeine unbeirrbare Eigenart, ſeine tiefe Empfindung, ſeine hohe künſtleriſche Begabung, ſein gewinnender Schönheitsſinn glänzend zutage. Dennoch machen ſich Wertunterſchiede geltend. Und man ſieht leicht, welche Aufgaben ihm nur von außen kamen, welche Schöpfungen der innerſte Erguß ſeiner Seele ſind, das volle naturnotwendige Austönen ſeiner ganzen Perſönlichkeit.

Schwind hat eine ſtattliche Reihe von Hiſtorienbildern gemalt, geiſtlichen und weltlichen Inhalts, in Fresko und in Öl. Am meiſten Ruf in dieſem Gebiet haben ſich die Freskomalereien in der Kunſthalle und im Sitzungsſaal der erſten Kammer in Karlsruhe und die Freskogemälde auf der Wartburg erworben. Die Grenze Schwinds liegt offen vor Augen. Für das Höchſte der großen Kunſt fehlte ihm die Tiefe des Leidenſchaftlichen und Erhabenen, die markige Kraft, ſelbſt die unerläßliche Beherr-

ſchung lebensgroßer Geſtaltung und energiſcher Farbe. Sein Sängerkrieg auf der Wartburg, von ſo wunderbarer Kunſt er iſt in dem reinen und feinen Aufbau der Kompoſition und in der reichen Mannigfaltigkeit der einzelnen Geſtalten, ſteht weit unter den Zielen und Forderungen, an deren Erfüllung uns Meiſter wie Cornelius und Schnorr und Rethel gewöhnt haben. Die Bilder im Treppenhauſe der Kunſthalle zu Karlsruhe, vor allem die Darſtellung der Einweihung des Freiburger Münſters unter Berthold von Zähringen, ſind nur genrebildliche Darſtellungen der Herrlichkeit des mittelalterlichen Kleinlebens, der ſchönen Frauen und Mädchen mit ihren züchtig kleidſamen Trachten, der ſtolzen Ritter und handwerkstüchtigen Bürger; freilich innerhalb dieſer Begrenzung von entzückendſter Poeſie, Lebendigkeit und Schönheit. Wo dagegen die ſtille Innigkeit und Sinnigkeit eines vorwaltend lyriſchen Gemüts ausreicht, da iſt Schwind auch in der großen hiſtoriſchen Kunſt von hinreißendſter Wirkung. Seine allegoriſchen Bilder des Friedens und des Wohlſtandes und der hervorragendſten Bürgertugenden im Sitzungsſaal der erſten Kammer zu Karlsruhe ſind in Auffaſſung und Geſtaltung von dem reinſten Geiſt der italieniſchen Renaiſſance durchhaucht. Und wer kehrt nicht immer und immer wieder, mit jedesmal erneutem Entzücken, zurück zu dem Freskenzyklus aus der Geſchichte der heiligen Eliſabeth, zu den Darſtellungen ihres gefeiten heiligen Lebens von ihrem Einzug auf der Wartburg bis hin zu ihrem ſeligen Tod und Begräbnis in Marburg, zu den Darſtellungen der Werke

Der Falkensteiner Ritt (1843/44). Leipzig, Städtisches Museum. Ölbild auf Leinwand.

Der gestiefelte Kater. Holzschnitt nach Schwind (1850).
Münchner Bilderbogen Nr. 48. (Braun & Schneider, München.)

ihrer Barmherzigkeit. Der Geist Benozzo Gozzolis und Fiesoles liegt über dieser still innigen, rührenden Holdseligkeit, wie über einigen seiner Madonnenbilder und über der Jünglingsgestalt des Engels Michael, der den Drachen zertritt, die süße Lieblichkeit der Jugendbilder Raffaels liegt.

Und von gleicher Lieblichkeit ist die süße Melodienfülle seiner Bilder im neuen Opernhause zu Wien, besonders seiner Gemälde zu Mozarts Zauberflöte und zu Haydns Schöpfung. Die Verherrlichung Mozarts war ihm aufrichtiges Herzensbedürfnis. Papageno hat er Mozarts Züge geliehen, weil er

Die Symphonie (um 1850). Ölbild auf Leinwand. München, Kgl. Neue Pinakothek.

Das Märchen vom Aschenbrödel.
Öl auf Leinwand (um 1853). Letztes Hauptbild. Johann Karl Frh. von und
zu Frankenstein, Schloß Ullstadt.
Nach dem Stich von Julius Thäter (Piloty & Löhle, München).

überzeugt war, daß Mozart sich in der Zauberflöte als Papageno vorgeführt habe. Und da, wo der tafelnde Papageno von den wilden Tieren belästigt wird, hat Schwind die Affen etwas menschlich karikiert. „Da kann man doch ein paar Kunstschreiber, die alles besser wissen wollen, anbringen“, meinte er.

Am ursprünglichsten, am eigentümlichsten, am meisten ganz er selbst, ist aber Schwind doch besonders in solchen Darstellungen, in denen er sich sozusagen seine eigene Melodie aufspielt, sei es daß er den gaukelnden Traumbildern freier Erfindung, oder den dämmernden Gestalten der alten deutschen Sagen- und Märchenwelt unvergeßbar poesievolle Körperlichkeit gibt.

Es ist ein Darstellungsgenre, das sich Schwind ganz eigen geschaffen und in das er all sein Köstlichstes niedergelegt hat, all seine Reinheit und Zartheit der Empfindung und zugleich all seine sprudelnde Laune, das träumerisch still in sich Geschlossene und zugleich das glückselig Aufjubelnde seines tief innigen und doch heiter in sich

Die Rose (um 1846). Ölbild auf Leinwand. Berlin, Kgl. National-Galerie.

Das Märchen von den sieben Raben. Erstes Hauptbild. (Paul Neff, Eßlingen.)

befriedigten Wesens. Es sind, wie er selbst eine dieser Schöpfungen treffend genannt hat, Symphonien; gemalte Symphonien.

Sie werden leben, solange Gold Gold und Poesie Poesie ist.

Im Jahre 1839 erschien Ritter Kurts Brautfahrt, jenes köstliche humoristische Capriccio nach Goethes bekanntem Gedicht. Oben auf dem stattlichen Ritterschloß die Vorbereitungen zum Hochzeitsfest; dann in Waldesschlucht der Zweikampf, in dem der Ritter siegt, aber nichtsdestoweniger tüchtig gebleut wird; dann die unerwünschte Begegnung mit dem verlassenen Schätzchen, das er auch als Amme, wie einst als Jungfrau, liebenswert findet; und unten im Mittelpunkt des Bildes das volksbelebte Jahrmarktstreiben eines malerischen Bergstädtchens, die Verfolgung des Ritters durch drängende Manichäer, seine Ergreifung durch die Häscher, das Entsetzen der Braut und ihrer vornehmen Sippe. „Widersacher, Weiber, Schulden, ach, kein Ritter wird sie los!" Und doch sind alle diese Abenteuerlichkeiten und Fährlichkeiten nur der Anlaß und das einheitliche Band des bunten wogenden Volksgewühls, das sich dort auf offenem Markt inmitten all der alten gotischen, phantastischen Häuser mit ihren lauschigen Erkern und steilen Giebeldächern lustig entfaltet. Lust und Leben, lachende Schönheit, schalkhafte Laune überall!

Nach mittelalterlicher Malersitte, die später mit der Mode der Künstlerdramen in die beliebten szenischen Künstlerbilder ausartete, hat Schwind in den Gruppen am Brunnen seinen besten Freunden ein Denkmal gesetzt. Als fahrender Scholar mit magyarischem Pallasch kramt Lenau in einer alten Bücherkiste, Bauernfeld scheint sich an der lustigen Komödie vor seinen Augen zu ergötzen, Grillparzer und Franz von Schober studieren das Programm der Ritter = Kurt = Ballade, Feuchtersleben und Anastasius Grün stehen im Hintergrund. Am Brunnentrog hat sich Schwind selbst konterfeit, wie er mit Kaulbach und dem behelmten Schnorr seinem Lehrer Cornelius, der

Das Märchen von den sieben Raben. Folge von fünfzehn Aquarellen (1857). Zweites Hauptbild mit zwei Schmalfeldern. Großherzogl. Museum, Weimar. (Paul Neff, Eßlingen.)

in der Maske Dantes erscheint, das Blatt der Brautfahrt vorzeigt. Cornelius erhebt drohend den Finger, wie um zu sagen: Geht nicht zu weit; die bildliche Darstellung des Gedichts sei unmöglich. Und wie Schwind nun Grillparzer sein Leid klagte, meinte der: „Wer wird denn das Mögliche machen!"

Das Märchen von den sieben Raben. Viertes Hauptbild. (Paul Reß, Eßlingen.)

historische Kunst ist an die Grenze des Erlaubten gekommen. Interessant ist, daß Grillparzer es war, der Schwind zu diesem Thema Mut gemacht hatte. In Wien redete man ihm allgemein ab, eine Neben dieser sprudelnden Humoristik steht die zart innige Lyrik jenes herrlichen Liebesidylls, dem der Künstler die Anordnung und den Namen der Symphonie gab. Man sagt, das Motiv habe der Künstler dem Herzenserlebnis einer ihm befreundeten Sängerin entnommen. Vier Bilder von verschiedener Größe, Gestalt und Stimmung, in auf= ein Dilettantenkonzert in festlich ge= schmücktem Saale; hoch ragt eine schlank= gewachsene, elegante Jünglingsgestalt hervor, über die Köpfe der Musizieren=

Das Märchen von den sieben Raben. Sechstes Haupt= und Schlußbild. (Paul Neff, Eßlingen.)

steigender Linie sich aneinanderreihend, von sinnig reicher Arabeskenwelt ge= meinsam umrahmt. Im unteren Bilde die heitere Introduktion, das Allegro, den hinüberblickend nach der Sängerin, deren seelenvolle Stimme so tief in sein Herz dringt. Im zweiten Bilde das Adagio, die Begegnung der Liebenden in einsamer Felsgegend. Im dritten Bilde das Scherzo; ein buntbewegtes Masken= und Karnevalsfest, aus dessen rauschenden Reigentänzen sich das liebende Paar zurückgezogen hat, die gegenseitige Liebe gestehend, das Jawort wechselnd. Und zuletzt im obersten Schlußbilde das glückselige Finale; im offenen Reisewagen das jungverheiratete Paar, im Hintergrunde in blühender Landschaft die reizende Besitzung, die des Mannes Eigen ist, die junge Frau ist im Wagen aufgestanden und läßt sich von dem geliebten Gatten all die Örtlichkeiten erklären, die fortan ihre Heimat und die Stätte ihres Glückes und ihrer Liebe sind. Die zierliche, anmutige Arabeskenornamentik, welche die einzelnen Bilder umrankt und umrahmt, in der reinsten Stilweise Raffaels und Giovanni da Udines gehalten, trägt dazu bei, die lyrisch=musikalische Stimmung dieser lieblich heiteren Dichtung zu verinnerlichen und zu vertiefen. Liebe denkt in süßen Tönen.

Eine neue Welt tiefster Empfindung und Schönheit tut sich vor uns auf, wenn wir nun in die anmutige und doch so sinnig gedankenvolle Welt jener Bilder Schwinds treten, deren Stoffe und Motive er aus der unversiegbaren Quelle des deutschen Märchens schöpfte.

Glänzend wurde 1854 diese Bahn von Schwind eröffnet in der Geschichte vom Aschenbrödel. Auch hier wieder eine Reihenfolge von drei eng miteinander verbundenen Bilderreihen; jede einzelne Reihe zerfällt in mehrere Sonderbilder, deren feingegliederte architektonische Anordnung und zierlichste Arabeskenumrahmung deutlich auf die Bestimmung hinweist, der heitere malerische Wandschmuck einer heiter schönen Renaissance=Villa zu sein. Und auch hier wieder dieselbe tief musikalische Grundstimmung. Im ersten Bilde die Introduktion. Der malerisch=stattliche Vorhof eines reichen Palastes: unten die gesattelten Rosse, welche die stolzen Schwestern besteigen, um auf den Ball des Prinzen zu eilen, oben auf dem Söller das arme

Ein Ritter auf nächtlicher Wasserfahrt.
Ölbild auf Holz (um 1831?). Schack=Galerie, München.

Rübezahl. Ölbild auf Leinwand (um 1859).
Schack-Galerie, München. (Dr. E. Albert, München.)

Aschenbrödel, das von der zürnenden Mutter in die Küche getrieben wird; und in den gesonderten Seitenbildern einerseits die Toilette der stolzen Schwestern, bei der das Aschenbrödel demütig Hilfe leistet, anderseits das trauernde Aschenbrödel in der Küche, liebreich von der guten Fee beschützt; kleinere Arabeskenbilder erinnern an die gleiche Not der armen Psyche und des guten Dornröschens. Im zweiten Bilde das Allegro. Das Bild ist in drei Felder geteilt; im schmalen, reich dekorierten Zwischenfelde in der Mitte ein Bild von bescheidenem Format, es stellt den Nachtwächter dar auf der Zinne des mächtigen Königsschlosses in mondbeglänzter Zaubernacht, oben und unten kleinere Arabeskenbilder des schlafenden Dornröschens und der schlafenden Psyche; dann auf dem einen

Abschied im Morgengrauen.
Ölbild auf Pappe (1859). Kgl. Nationalgalerie, Berlin.

Felde im festlichen Ballsaal, dessen Kronleuchter pfeilesendende Liebesgötter umschwärmen, das Hereintreten des von der Fee festlich geschmückten Aschenbrödels in strahlender Schönheit, der Prinz sinkt ihr lieberauscht zu Füßen, staunende Verwunderung und Bewegung auf allen Gesichtern, Ärger der Eltern und der Schwestern, die sie zwar nicht erkennen, aber ihre eigensüchtigen Anschläge auf das Herz des Prinzen durch diese unerwartete Erscheinung arg bedroht sehen; und auf dem anderen Felde ein Blick in die reiche landschaftliche Schönheit des kunstvollen Gartens, der Prinz findet den Schuh des lieblichen Mädchens, die liebreiche Fee, gefolgt von den jubelnden Liebesgöttern, trägt hoch in den Lüften die Schlafende zurück in ihr altes Elend. Im dritten Bilde das Finale. Was in den Arabeskenbildern, in der Erlösung Dornröschens und der Psyche, heiter vorklingt, das erfüllt und vollendet sich in der siegreichen Verherrlichung Aschenbrödels; in dem einen Seitenbilde das suchende Liebessehnen des Prinzen, in dem anderen die Fee Perechta, die sich den glücklich Vereinten am Haselbusch zeigt, mitten aber im großen Hauptbild das kindlich reine Aschenbrödel, das der passende Schuh als die rechte Braut erweist, das freudejauchzende Zuströmen des bunten Hochzeitszuges, die humoristische Verspottung der böswilligen Schwestern und Eltern. Eine Zartheit der Poesie und eine strotzende Fülle malerischen Lebens, die keiner vergessen kann, der sich nur einmal in diese liebliche Dichtung hineingeschaut hat.

Dann folgten die beiden großen Märchenbilder, an die man jetzt immer zuerst denkt, wenn Schwinds Name genannt wird.

Auf der allgemeinen historischen Kunstausstellung in München im Jahre 1858 wurde Schwinds große Komposition aus dem Märchen von den sieben Raben ausgestellt. Sie eroberte sich sogleich

Die Hochzeitsreise.
Ölbild auf Eichenholz (1862?). Schack-Galerie, München. (Dr. E. Albert, München.)

alle Herzen; ein edler deutscher Fürst, der Großherzog von Weimar, beeilte sich, den schönen Besitz für seine Sammlung zu sichern; in unzähligen Nachbildungen ist sie verbreitet. Die Komposition ist als der Wandschmuck einer langen Galerie gedacht; vielleicht mochte dem Künstler die Galerie der Wartburg vorschweben, in der er die Geschichte der heiligen Elisabeth gemalt hatte. Zuerst als einleitendes Bild ein trauter Familienkreis, in dem der Künstler mit seiner Gattin und seiner fröhlichen Kinderschar leicht zu erkennen ist; in der Mitte die Märchenerzählerin, ihr zur Seite die Gestalt der Malerei, die den Worten lauscht, das Gehörte bildlich zu verkörpern; die Märchenerzählerin zeigt bedeutsam mit dem Finger nach den sechs Wandbildern des Gemaches, die, in architektonisch feiner Gliederung durch romanische Säulen und Bogen miteinander verbunden, die Vorgeschichte erzählen: den Fluch der bösen Mutter, daß die sieben Knaben sich in sieben Raben verwandeln sollen, die Verheißung der guten Fee, daß die Schwester die Brüder erlösen könne, wenn sie sieben Jahre schweige und schweigend sieben Hemden spinne. Nun beginnt die Handlung selbst. In grüner Waldlandschaft der beutereiche Jagdzug des Prinzen; doch der Prinz wird vermißt, ein Jäger ruft mit dem Waldhorn, ein anderer deutet nach der Richtung, in der er verschwunden. Der Prinz findet in dichter Wildnis die schöne Jungfrau, sitzend in einem Baumstamm, der sie wie eine Nische umschließt, still versenkt in ihre Arbeit. Süßes Erbeben; der Prinz erlöst sie aus ihrem Waldversteck; keusch und unwillkürlich berühren sich die Lippen im ersten Kuß erster Liebe. Hochzeit; das erste Glück der jungen Ehe. Wunderbar tief weiß der Künstler den schlummernden tragischen Zwiespalt vorzubereiten und zu begründen. Auch gegen den Gatten vermag die durch das Gelübde Gebundene das Schweigen nicht zu brechen; den Gatten ergreift Argwohn und bange Ahnung von etwas unheimlich Dämonischem, da selbst die Stille der Nacht sie von ihrer beharrlich emsigen Be-

schäftigung an der Spindel nicht abruft. Das Dämonische und Gespenstige bricht herein. Die junge Königin ist Mutter von Zwillingssöhnen; bei dem ersten Bad werden diese in Raben verwandelt und entfliegen. Nun die düsteren Nachtbilder des Femgerichts, der Verurteilung, der Abführung zum Scheiterhaufen. Mit derselben feinen Kunst, mit welcher der Künstler das Kommen der tragischen Verwickelung vorbereitete und verkündete, deutet er hier auf das Unausbleibliche glücklicher Lösung; die Fee erscheint der Gefesselten, die Sanduhr hoch emporhaltend, zum Zeichen, daß nur noch wenige Minuten fehlen, bis die Zeit des verhängnisvollen Schweigens vorüber ist. Zuletzt das in Glück und Jubel strahlende Schlußbild. Die Fee hat den sieben Raben im Walde die von der Schwester gesponnenen Hemden überbracht; sie sind erlöst vom bösen Bann. Die letzte Stunde des siebenten Jahres ist erfüllt. Auf weißen Rossen kommen die entzauberten Brüder freudig herbeigebraust, die heranschwebende stolzschöne Fee bringt die glücklich lächelnden Zwillingskinder, denen die gefesselte Mutter selig entgegenjubelt, der Gemahl umfaßt inbrünstig küssend die Füße der Treugeliebten, das Volk jubelt und jauchzt wogend und drängend, die Henker ziehen beschämt und hastig von dannen: ein vollströmender Hymnus der Freude, rührend und versöhnend.

Die letzte Schöpfung Schwinds war die künstlerische Ausgestaltung des Märchens von der schönen Melusine. Es ist als Friesverzierung eines Rundbaues gedacht. Traumbefangen sitzt Melusine in kühlem Wassergrunde ihrer dunklen Felsgrotte; mild lächelt ihr Mund, Ahnungen froher Zukunft ziehen durch ihre Seele. Und nun tritt sie, die wunderschöne Wasserfee, in alle Lust und in alle Pein des Lebens. Wir sehen das Werben des schönen Jünglings, des Grafen Raimund, um Melusine und das holdverschämte Geständnis der Gegenliebe. Wir sehen in lachend heiterer Landschaft das glanzreiche Hochzeitsfest, das Heransprengen der Brautjungfrauen in lustiger Kavalkade, die staunende Überraschung der Sippe

Die schöne Melusine. Fünftes Bild: Das Heiligtum. (Paul Neff, Eßlingen.)

und Gefolgschaft des Grafen, das beglückte Willkommen des Brautpaares. Wir sehen, wie auf hohem Balkon die junge Gattin dem liebenden Gemahl einen über Nacht wundersam erstandenen Turm zeigt und ihm das Gelübde abnimmt, daß er sie niemals belauschen wolle, wenn sie sich an diese geheimnisvolle Stätte zurückzieht. Dann aber erblicken wir das wunderbar phantastische Treiben, das sich im Innern des Turmes in fröhlicher Ungebundenheit abspielt, das jauchzende, jubelnde Leben der Meerjungfrauen und ihrer schönheitstrahlenden Königin im quellenden Wasser; eine Nereiden=Dithyrambe, wie sie seit Raffaels Galatea nicht mehr gesungen worden war. Es ist die Peripetie der tragische Umschwung. Böswillige Neugier der Menge erforscht das unheimliche Geheimnis Melusinens. Noch einmal tritt uns das volle strahlende Glück der seligen Gatten entgegen, umringt von blühenden Kindern. Aber die Katastrophe ist unaufhaltbar. Die bösen Zungen haben den Argwohn des Grafen erregt. Es ist dasselbe tiefe, naturwahre Motiv, das die tragische Wendung in der Geschichte von den sieben Raben herbeiführt; wie kann und darf zwischen Gatten ein so undurchdringliches dunkles Geheimnis walten? In stürmender Eifersucht bricht Raimund das Gelübde, belauscht das geheimnisvolle Nixenleben der Gattin; Scham, Schrei und Entsetzen der badenden Nixen, jammervolles Zusammenbrechen Melusinens. Es folgt ein dramatisch bewegtes, tiefdüsteres Nachtgemälde. Der zusammenstürzende Turm bedroht die Lästernden, die das Unheil anstifteten; aus den Lüften schwebt geisterhaft die Gestalt Melusinens heran, ihre jüngsten Kinder in der Wiege liebend zu umarmen; verzweifeltes Fliehen des Grafen im Pilgergewand. Zuletzt das ergreifende Schlußbild. An derselben Stätte, an der ihre Liebe begann, haben sich die so jäh getrennten Gatten wiedergefunden; reuig und liebend ist Raimund der Ge=

Ein Einsiedler führt Rosse zur Tränke.
Ölbild auf Eichenholz (nach 1860). Schack=Galerie, München.
(Dr. E. Albert, München.)

Die Morgenstunde.
Ölbild auf Leinwand (1858). Schack-Galerie, München. (Dr. E. Albert, München.)

liebten zu Füßen gesunken, Verzeihung zu flehen; liebend umfängt ihn Melusine, Kuß auf Kuß, in tief inniger Wiedersehensfreude ihn zu Tode küssend. Und es ist eine wundervolle Abrundung des Ganzen, daß wir zuletzt Melusine wieder in ihrer einsamen Felsgrotte sehen, still in sich versunken und traumbefangen wie im ersten Bilde; aber nicht mehr mildlächend in froher Zukunftsahnung, sondern mit einem Anhauch leiser Wehmut, gleich als sei ihr stilles Träumen durchzogen von dem Angedenken all der süßen Lust und all des entsetzlichen Leids der unwiederbringlichen Vergangenheit; der Kranz auf ihrem Haupte ist verwelkt, ihre einst so süßen Zukunftshoffnungen sind abgeblüht.

Das ist Schwinds eigentliche Gedankenwelt.

Seine Märchenbilder sind nicht Illustrationen in dem gewöhnlichen Sinne, daß sie nur die bedeutendsten und malerisch brauchbarsten Situationen eines gegebenen Worttextes in ein Bild übersetzen; es sind selbständige, fest in sich abgeschlossene Kunstwerke, die durchaus auf sich selbst ruhen, sich völlig aus sich selbst erklären. Frei schöpferisch erzählen sie ihre eigenen Geschichten; nur daß sie, statt der Sprache des Wortes, die Sprache bildlicher Form und Farbe verwenden. Spricht man mit Recht von Tondichtern, so kann und muß man Schwind einen Bilddichter nennen. Und zwar einen Bilddichter der echtesten Art, der seine Stoffe aus tief innerster Erfindung und Empfindung wandelt und umschafft, nicht in eitler Willkür, sondern aus dem echt künstlerischen Drang und Bedürfnis, die in den entlehnten Motiven schlummernde Poesie zu gehaltreicher und schönheitsvoller Kunstidealität zu klären und zu

Haydn-Lünette: „Die Schöpfung“. Entwurf für das Temperagemälde (1865/66) im Foyer der k. k. Hofoper, Wien.

vertiefen. Es ist ein wunderbar genialer Griff, wie der Künstler durch die Zusammenstellung des Märchens vom Aschenbrödel mit dem Märchen von der Psyche und vom Dornröschen die Idee von dem endlichen und unausbleiblichen Sieg der gedrückten und mißhandelten Unschuld zu warm beseelter Eindringlichkeit emporhebt, gleichwie Shakespeare durch die Einfügung und Nebeneinanderstellung von Parallelhandlungen die Stimmung und Grundidee der Haupthandlung zu vertiefen und zu verstärken pflegt. Und das unscheinbare Volksmärchen von den sieben Raben ist erst unter dem belebenden Zauberstab Schwinds, der hier Züge verwandter Märchen hineinpflanzte und fortbildete, zu der poesievollen Gestaltung erfüllt und vollendet worden, in der es fortan unvergeßlich in der Phantasie des Volkes leben wird, zu dem herzgewinnenden Singen und Sagen von der Herrlichkeit und Sieghaftigkeit selbstloser Aufopferung und Pflichttreue. Und wie großartig, ja wie weisheitsvoll ist die Umbildung und Vertiefung des Märchens von der schönen Melusine! Das Volksmärchen

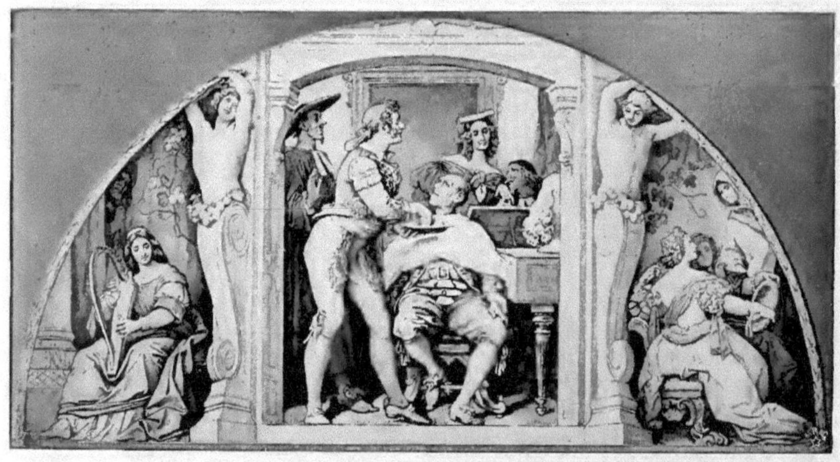

Rossini-Lünette: „Othello“ — „Der Barbier von Sevilla“ — „Aschenbrödel“.
Entwurf für das Temperagemälde (1865/66) im Foyer der k. k. Hofoper, Wien. (F. Bruckmann, München.)

selbst bot nur geringen Anhalt. Es hat einen dogmatisierenden Zweck. Es legt das Hauptgewicht auf den Gedanken, wie sträflich es sei, wenn das unheimlich gespenstige Nixenwesen sich in das helle Tageslicht des Menschentums drängt; es verzettelt sich daher in die episodischen Geschichten vom Schicksal der Söhne, die durch körperliche Ungestalt und maßlosen Sinn den Fluch, Kinder einer geisterhaften Nixe zu sein, büßen müssen; der Graf geht büßend zum Papst und wird durch dessen Segen erlöst von dem Makel, Gemahl einer Nixe gewesen zu sein. Und auch Tieck hat sich noch ganz wörtlich an das alte Volksbuch gehalten. Erst Schwind hat der alten halbverklungenen Sage in das tiefste Herz geschaut und sie zu jener einfach schönen, allgemein menschlichen, tief rührenden Geschichte gemacht, die ihren überwältigenden Eindruck auf kein fühlendes Gemüt verfehlen kann. Der ergreifende Zug, daß Melusine in heißer Leidenschaft den Geliebten zu Tod küßt, gehört einzig und allein der zarten Phantasie Schwinds an.

Mit der hoheitsvollen Poesie des Inhalts steht die hoheitsvolle Poesie der künstlerischen Formengebung in innigstem Einklang, in innigster Durchdringung und Wechselwirkung. Wie nahe lag gerade bei diesen romantischen Stoffen, welche Schwind mit Vorliebe ergriff, die Absichtlichkeit des Altertümelns und Deutschtümelns, wie sie noch immer unter den Nachzüglern des sogenannten Nazarenertums anspruchsvoll fortwucherte! Schwinds echte und naive Künstlernatur, herangereift und gebildet unter den Anregungen des großen Münchner Kunstlebens, der hohen Vorbilder der Antike und der italienischen und deutschen Renaissance, war sicher vor solcher Irrung. Schwind spricht die Formensprache der vollen und lauteren

Die schwarze Katze (Katzensymphonie).
Violinsonate für Josef Joachim. Federzeichnung (1866). Dr. Theodor Demmer, Frankfurt a. M. (Miethke und Wawra, Wien.)

Zeichnung zu Mörikes Historie von der schönen Lau (1868). Aus dem von Julius Naue radierten Zyklus. (G. J. Göschen, Leipzig.)

und innig beredt und zugleich so plastisch einfach und klar sind, daß jeder Bildhauer in der Kunst der Gewandung mit dem fruchtbringendsten Nutzen bei ihm in die Schule gehen kann, sondern vor allem auch in dem kunstreichen Aufbau der Komposition, deren klare Übersichtlichkeit, sinnige Raumverteilung und schwungvolle Linienrhythmik um so reiner und eindringlicher sich in das Gemüt senkt, da keine Härte und Gewaltsamkeit in den Stellungen und Bewegungen an die Mühe des überlegenden Künstlers mahnt, sondern dies alles nur als die ganz natürliche, sich von selbst verstehende Daseinsform der gegebenen Situation, als das leichte und freie Spiel und die innere Notwendigkeit der Sache selbst erscheint. Besonders das letzte Werk Schwinds, die Geschichte der Melusine, ist gerade auch nach dieser Seite der künstlerischen Form von gar nicht genug zu bewundernder, von immer neu entzückender Vollendung.

Schönheit, die Formensprache des hohen Stils.

Schwind ist von überaus feinem Sinn für Schönheit und Anmut, namentlich in der Gestaltung weiblicher Figuren. Was man von Raffael gesagt hat, tutto e simpatico, alles ist unmittelbar herzgewinnend in ihm, das gilt auch von Schwind durchaus. Und Schwind ist von überaus feinem Sinn für melodischen Wohllaut und rhythmische Gemessenheit der Linienführung. Nicht bloß in der strengen Zeichnung, die fern von allen Äußerlichkeiten sich immer nur auf die einfachsten Ausdrucksmittel beschränkt, und nicht bloß in der Behandlung seiner Gewandmotive, die so warm

Die tief ergreifende Poesie im rein Menschlichen des Inhalts ist durchglüht und gehoben von der weihevollen Stimmung klassischer Schönheit. Es gibt nur ein einziges Beispiel in der deutschen Kunst und Dichtung, welche eine gleiche Verschmelzung eines innig deutsch volkstümlichen Stoffes und höchster klassischer Kunstidealität in sich vollzogen hat; es ist Goethes Hermann und Dorothea.

Nur wenn wir diese Eigentümlichkeit der Kunstweise Schwinds uns klar zum Bewußtsein bringen, gewinnen wir den richtigen Standpunkt zur Beurteilung seines Kolorits. Schwind hat mehrfach den Versuch gemacht, seine Erfindungen und Kompositionen als Ölbilder zu ge-

ſtalten; keiner kann ſich verhehlen, daß ſie
durch dieſes reichere Farbenmaterial nicht
gewonnen haben; ſie wirken im Stich
oder als Aquarell weit günſtiger, weit
poeſievoller. Allerdings iſt es wahr, daß
Schwind die Öltechnik nicht beherrſchte;
es war zum Teil das Gefühl der eigenen
Schwäche und Unzulänglichkeit, wenn er
oft, wie er ſich in ſeiner humoriſtiſchen
Sprache ausdrückte, über die „Malen=
könner“ ſpöttelte. Aber nicht minder wahr
und gewiß iſt, daß das Mißlingen dieſer
Überſetzung ſeiner Märchenbilder in Öl=
technik nicht bloß das zufällige Ergebnis
zufälligen perſönlichen Unvermögens war,
ſondern vielmehr die unausbleibliche
Folge der Eigentümlichkeit dieſer Bilder
ſelbſt. Das Traumhafte und Viſionäre
ihrer Grundſtimmung verträgt ſich nicht
mit den realiſtiſchen Forderungen der Öl=
farbe. Fresko und Aquarell in ihrer mehr
zeichneriſchen Haltung ſind dieſer Stim=
mung zuſagender. Das Fresko aber und
ganz vornehmlich das Aquarell behandelt
Schwind mit vollendeter Meiſterſchaft.
Beim Fresko miſcht er die Farben nicht
mit Kalk, ſondern verfährt wie beim
Aquarellieren; dadurch bekommen ſie
größere Leuchtkraft und Haltbarkeit.
„Meine Art und Weiſe, Fresko zu malen,“
ſagte er gelegentlich zu einem ſeiner
Schüler, „iſt gewiß ſo einfach und klar,
daß ſie jedes Kind begreifen kann, und
doch hat ſie, trotzdem ich es vielen gezeigt
und vordemonſtriert habe, noch keiner pro=
biert. Lieber malen die Herren mit einem
Brei und ſetzen die Lichter mit Kalk auf,
der beim Auftrocknen ein Weiß ergibt,
das gegen das Weiß des Bewurfes wie
ein bleierner Löffel ausſieht.“ Das Aqua=
rell weiß Schwind zu ſo ſelbſtändig muſi=
kaliſcher Wirkung zu ſteigern, daß er
innerhalb dieſer Begrenzung ſogar ein
trefflicher, ein großer Koloriſt genannt
werden muß. Ja dieſe muſikaliſche Verwen=
dung ſeines Kolorits iſt eines ſeiner aller=
weſentlichſten Kunſtmittel. Wer vergißt
den wirkſamen Farbengegenſatz in dem
Aquarell von den ſieben Raben, das
Trübe und Schwere in den Leidensſzenen,
den hellen ſtrahlenden Sonnenglanz im
Bild von dem Spaziergang des beglückten
jungen Paares, die jubelnde Farben=
heiterkeit im Schlußbilde der Sühne und

Entwurf zu der ſchönen Meluſine. Sechſtes, ſiebentes und achtes Bild: Die böſen Zungen, Liebesglück, Der Eidbruch. Aquarell (1868). Frau Marie Bauernfeind, München.

Die schöne Melusine. Zehntes Bild: Das Wiederfinden. (Paul Neff, Stuttgart.)

Die schöne Melusine. Zweites Bild: Am Waldbrunnen. Aquarell (1868/69). K. k. Hofmuseum, Wien. (Paul Neff, Eßlingen.)

Erlösung? Und zumal die Farbenskala in der Geschichte der Melusine! Es ist eine Symphonie für sich; zuerst traumbefangen ahnungsvoll, dann erfüllt von warmer strahlender Tagessonne, sodann immer ernster und düsterer, zuletzt wieder mild beruhigt in gedämpfter Helle ausklingend. Robert Prutz faßt diese Eigentümlichkeit Schwinds in seiner Satire „Heinrich Heines Höllenfahrt" einmal in die Zeilen:

„Der Moritz Schwind hat süß verklärt
Die heimischen Märchen und Sagen.
Wie Lieder klingen die Bilder schier!
Wie Düfte vom West getragen!"

Schwind ist der Meister des Lieds, der Ballade in der Malerei, wie es Schubert in der Musik ist. Er ist Lyriker, Gelegenheitsdichter im Gegensatz zu Cornelius. Ihm bedeutet Romantik Stimmung im Gegensatz zur Formepik der Bibel. Seinem Schüler Julius Naue hat er die zeitgenössische Malerei einmal so charakterisiert: „Daß es Vers und Prosa in der Malerei gibt, wissen die meisten nicht, und wie sehr muß da geschieden werden! Es wird doch niemandem einfallen, eine Novelle in Versen zu schreiben und ein Epos in Prosa. — Wie viele wissen auch nichts von der Ballade. Wie diese nicht in der Weise eines Liebesgedichts gemacht werden kann — was man ja selbstverständlich findet —, ebenso müssen auch in unserer Kunst derartige Stoffe dementsprechend behandelt werden. Nur läßt sich das nicht mit Worten ausdrücken, es muß empfunden werden."

Jedoch die Lust und Kraft des Erfindens und Gestaltens war in Schwind so unerschöpflich, daß wir nur ein sehr unvollständiges Bild seiner Tätigkeit gewinnen könnten, wollten wir uns einzig auf diese zyklischen Kompositionen beschränken.

Schwind hat eine Reihe von Ölbildern geschaffen, welche namentlich seine bezaubernde Waldromantik liebenswürdig und tief innig zur Darstellung bringen. Schon die reich ausgeführten, poesievollen landschaftlichen Hintergründe

Die schöne Melusine. Elftes Bild: Fontes Melusinae.
(Paul Neff, Eßlingen.)

in den historischen Bildern Schwinds beweisen, daß er, was Poesie der Empfindung und Feinfühligkeit des malerischen Blicks betrifft, einer der trefflichsten deutschen Landschafter ist.

Und mit behaglicher Vorliebe erging sich Schwinds Phantasie im Holzschnitt und in der Radierung. In Kalendern und Almanachen, in den Münchener Bilderbogen und in den Fliegenden Blättern hat er diese Kunst mit entzückender Meisterschaft ausgeübt und in sie eine der wesentlichsten Seiten seines Naturells, die in den historischen Bildern keine Stätte fand, niedergelegt. Ungebunden von den Forderungen treuer Naturwiedergabe, bot ihm diese Kunst freien Spielraum für seinen Zug nach dem Phantastischen und Humoristischen. Und es ist nicht zu sagen, wie kerngesund, wie gemütsinnig deutsch, wie unwiderstehlich liebenswürdig uns der Künstler gerade hier, in dieser köstlichen kleinen Bilderwelt entgegentritt. Nichts von jenem düster Nächtlichen, von jenem unheimlich Dämonischen, in das der Kupferstich und Holzschnitt der alten deutschen Meister so gern hinübergreift; überall nur leichte Anmut oder lachende Laune voll Schnurren und Schwänken. Zart innig ist das schöne Blatt von der stillen Beschaulichkeit des alten Einsiedlers, wie er in einsamer Waldwildnis sich ein Grab gräbt und zu seinem Erlöser betet; innig auch und zugleich voll fröhlicher Lebenslust sind die holden Arabeskenphantasien, welche den sorgenbannenden Genuß des Rauchens und Zechens an uns vorüberführen. Aber von sprudelndem Humor sind die Blätter, in denen die Zwerg- und Gnomenwelt des Märchens und die Tiere der alten Fabel ihr komisch-phantastisches Wesen treiben, oder in denen der Künstler mit selbständig freier Erfindung allerlei Gestalten und Geschichten schafft, um Empfindungen des deutschen Volksgemüts zu verkörpern und gelegentlich sinnige Lebensweisheit zu predigen. Wie voll des wunderbarsten Humors ist z. B. jenes herrliche Blatt, das uns darstellt, wie die Gnomen verwundert an der großen Zehe der Bavaria herumknuspern! Wie köstlich ist das Märchen vom gestiefelten Kater! Und wie entzückend innig und

scherzend ist das Blatt mit dem gestrengen Herrn Winter, der vom ersten Eintritt an, da er bei stiller Nacht die Eisdecke über den Strom spannt, nirgends gern gesehen wird, überall nur schnöde Zurückweisung hört, selbst bei dem geschmückten Weihnachtsbaum, den die Kinder fröhlich umjubeln, und selbst auf dem Ball, der doch erst durch ihn den eigensten Reiz erhält, bis er beim Abschied dem neugeborenen Frühlingskind das erste Schneeglöcklein gutmütig in die Wiege legt. Und wer gedächte nicht der ergötzlichen Geschichte des Bauern mit dem Esel, die eindringlich lehrt, daß man verraten, verkauft und verloren ist, wenn man es allen Leuten in der Welt recht machen will. Es ist eine Fülle der naivsten und lebensvollsten Motive und eine Kraft gemütlich humoristischer Individualisierung in diesen Blättern. In jedem Strich sieht man, daß diese freiere Kunstart, wie sie von unseren altdeutschen Meistern derbkräftig ausgebildet war, der stillen Sinnigkeit und übersprudelnden Laune des Künstlers innerstes Bedürfnis ist.

Dieselbe sinnige und humoristische Phantasie und Empfindungsweise zeigt sich auch in den geistvollen Entwürfen, welche Schwind für kunstgewerbliche Ornamentik erfand. Die bayerischen Kunst- und Gewerbeschulen besitzen reiche Mappen solcher Entwürfe, besonders die Schule in Nürnberg.

Im Sommer 1857 saß ich mit Schwind in einem Kaffeehause zu London. Da fiel sein Auge auf den strahlenden Kronleuchter, dessen Gasflammen aus Brennern emporflackerten, die Wachskerzen nachgebildet waren. Es war ergötzlich zu hören, wie lustig er über die Ärmlichkeit dieses Motivs spottete, das er humoristisch das Erzeugnis einer bankerotten Seifensiederphantasie nannte, und wie er sogleich ein Märchen von Elfen und Gnomen improvisierte, die einen phantastischen Fackeltanz aufführten. Daran muß ich immer denken, wenn ich Schwinds kunstgewerbliche Zeichnungen durchblättere. Schwinds Ornamentik geht nicht, wie die der Griechen und größtenteils auch die der Renaissance, von der eigenartigen Zweckbestimmung des zu schmückenden Gegenstandes aus, das innere stumme Leben desselben zu beredter, klar verständlicher Kunstform emporhebend; Schwinds Ornamentik ist durchaus freie, selbständige Dichtung, die sich zum Gegenstand verhält wie die überquellende, spielselige Melodie des Musikers zum Wort des Dichters. Sie ist entweder phantastische Märchendichtung, die die kahle Eintönigkeit der prosaischen Welt mit dem bunten Gewimmel neckischer Naturgeister belebt und umzieht, oder sie ist humoristische Idylle, welche sich gemütvoll in die bei dem Gebrauch vorherrschende Stimmung versenkt. An den Henkeln der Krüge, Töpfe, Tafelaufsätze treiben die Gnomen ihr spukhaft geschäftiges Wesen, Blumenvasen umtanzen Elfen, am Rande von Fischschüsseln tummeln sich Nereiden. Uhrgewichte erscheinen in der sinnigen Gestalt von Freude und Lied oder von Tag und Nacht. Die feuergefährliche Petroleumlampe wird von einer rüstigen Schar von Feuerwehrmännern erstiegen, welche ihre Schläuche auf die brennende Flamme richten. Auf einem Handschuhkästchen steht oben eine anmutige Frau, unten ein schmachtender Ritter. Auf einem Briefbeschwerer müht sich ein Hausknecht ab, einen überfüllten Reisekoffer mit dem ganzen Gewicht seines Leibes zusammenzudrücken. Auf einer Schießscheibe verhöhnt Hanswurst die schlechten Schützen, die ins Blaue geschossen. Überall die unerschöpfliche Fülle sinnreichsten Lebens, überall die gemütvolle Ansprache einer naiven, liebenswürdigen Künstlerseele, die auch das Gewöhnlichste und Alltäglichste innig und schönheitsvoll zu vertiefen und zu verklären weiß. Freilich ist nicht in Abrede zu stellen, daß viele dieser Entwürfe ohne Rücksicht auf das Darstellungsmaterial erfunden sind und darum in der Ausführung ins Unhandliche oder Stillose verfallen.

In seinem letzten Lebensjahr plante Schwind noch als Festgabe für Grillparzers achtzigsten Geburtstag einen Bilderzyklus zu dessen Dramen. Über den ersten Entwürfen, im Siegesjubel der deutschen Armee, der die Lande durchklang, ist er am 8. Februar 1871 gestorben. Wenn man das neunzehnte Jahrhundert nach seinen deutschesten Malern fragen wird, dann wird es mit Richter und Busch auch Moritz von Schwind nennen.

Die vorliegende Studie ist ein revidierter Wiederabdruck aus Hermann Hettners "Kleinen Schriften", die 1884 bei Friedrich Vieweg und Sohn in Braunschweig erschienen sind.

Aus den Rauch- und Weinepigrammen. Originalradierung (um 1834).
(A. Bielefeld, Karlsruhe.)

Druck von Velhagen & Klasing in Bielefeld.